嘻哈乐园　拼音说唱

Hip Hop Land

Pinyin Pastimes

卢毓文 编著

2

商务印书馆
SINCE 1897 The Commercial Press

图书在版编目(CIP)数据

嘻哈乐园.拼音说唱.2/卢毓文编著.—北京:商务
印书馆,2011
ISBN 978 - 7 - 100 - 08321 - 8

Ⅰ.①嘻⋯　Ⅱ.①卢⋯　Ⅲ.①汉语拼音—对外
汉语教学—教材　Ⅳ.①H195.4

中国版本图书馆 CIP 数据核字(2011)第 065320 号

XĪHĀ LÈYUÁN PĪNYĪN SHUŌCHÀNG 2

嘻哈乐园　拼音说唱 2

Hip Hop Land Pinyin Pastimes 2

卢毓文　编著

商 务 印 书 馆 出 版
(北京王府井大街36号　邮政编码100710)
商 务 印 书 馆 发 行
北京中科印刷有限公司印刷
ISBN 978 - 7 - 100 - 08321 - 8

2011 年 6 月第 1 版　　　开本 880×1230　1/16
2011 年 6 月北京第 1 次印刷　印张 3 ¼
定价:38.00 元

如何使用本书

本教材以"寓学于乐"为设计思路，依据儿童所思、所想、所好、所能进行教学。将汉语学习化繁为简、化难为易。在轻松愉快的氛围中，儿童乐于集中注意力，教学既容易上手、上口，也容易入脑，学习效果必能事半功倍。课文部分全部采用韵文儿歌，语料词汇丰富，同时还能发掘儿童的创意和潜力。本教材每单元的教学步骤可分三阶段：

 准备活动

★ 课前准备按人、时、地、物、事等，对学生、课时、场地设施、教具及教学计划全盘了解并充分准备。尽可能埋下伏笔或事先预告，令学生充满期待，学习动机高涨。

★ 临上课，可借图画、小故事或笑话、听音乐、看短片等引起学习动机，或接续前一节课，先复习学生已熟知的部分，让他们一展所长。

★ 也可利用简明的短语配合动作当开场白，让学生马上惯性地进入汉语情境。老师若击掌为记，小朋友可用短句配合手语回话，即可整顿课堂秩序兼维持肃静。例如：

老师：上课了！

学生：老师好！

老师：小朋友说老师好。

学生：老师点名我说到。

 发展活动

★ 听CD录音，同时跟着打拍子说唱。先清唱练习，可采用齐唱、轮唱、独唱、重唱、跳唱、唱答、互换、比赛等多种方式，配上简单打击乐器（如竹板或响板）击打节奏则效果更佳。学到六七分熟加伴奏，等更熟练时，可进行集体讨论，鼓励学生根据歌词发挥创意，共同拟定搭配动作，然后马上学以致用纳入练习。唱做结合、言行搭配，生动有趣而有助记忆。

★ 说唱念诵。可继续以应和、唱答、加快、减速、递减或递增词语等多种方式练习句型；也可加上肢体动作或手语，或鼓励自由发挥。

★ 学认拼音时，指认、拼读课本中的拼音字母，一步一步由似曾相识的韵母、声母，到整体认读音节。重点在发音及声调。

★ 听读识字。对照文字演进图示，有助理解、认识、记忆汉字部首部件。重在理解形意。

★ 指认导读。指着句子中的汉字顺序跟读、轮读、跳读、抢读、竞读、排句。再逐句逆向倒读——由句末开始，一个一个向前辨字认读，最后鼓励各自朗读，回家后自由阅读。

综合活动

以下方式可视需要选用：

★ 重点复习。整理当日所学，按听、说、读、写做摘要。

★ 交代作业，课外跟进。尽量提示学以致用的场合及时机。

★ 预告下一节课内容。

★ 结束。学生用汉语谢谢老师，然后边说边唱互道再见！

A Guide to Using this Book

Preparation

★ Pre-class preparation involves time management, location, supplies and activity planning. The teacher needs to thoroughly understand who the target audience is, what classroom equipment is available, and what teaching supplies and props will be needed. Do your best to make sure students have fun. You might begin with a picture, a story or a joke. You can listen to music or view a short video – anything that will help to pique the student's interest. Another alternative might be to first review the previous class's lesson to jog their memory. The important thing is to motivate them – make your classroom a fun and enjoyable environment!

★ Set the stage for your class! You could start off with a set routine. If the teacher uses a loud clap as a signal, the children can then respond with an appropriate phrase accompanied by a specific gesture. For example, start with a simple welcoming phrase accompanied by hand motions, such as "Shàng kè la." The students might respond with "Lǎoshī hǎo." The teacher could follow this with "Xiǎo péngyǒu shuō lǎoshī hǎo." with the students responding "Lǎoshī diǎnmíng wǒ shuō dào."

Doing the Activies

★ When listening to the CD, chant to the rhythm of the beat for a direct language learning experience. You can choose from repetition practice without music, chanting in unison, singing in rounds, solo singing, duets, sung responses, taking turns, having a competition, and so on. If you add a simple percussion instrument to the chanting, the result is even more effective. Once students have achieved 60-70% mastery of material, have them practice it with the musical accompaniment. Afterwards is a good time for group discussion. Encourage students to come up with some creative ideas related to the meaning of the words. Decide together with the students what actions to use with the words. Immediately practice actions so that they stick and become an enjoyable aid to remembering the material.

★ When practicing chanting phrases, some possible variations include: chanting together, chanting in call and response format, speeding up, slowing down, adding additional words or omitting words, and so on. To this, add hand gestures and other actions. When appropriate, introduce standard sign language or encourage the students to use their imagination to come up with new movements.

★ When learning pinyin spellings, have students point to the words in the text as they say them as an aid to learning pinyin faster. Reading pinyin is really quite easy. Proceed step-by-step: note similarities in spellings; focus first on the vowel sounds; then on the consonants; finally on the overall pronunciation and proper tones.

★ When listening to and reading characters, emphasize the meaning of words. The best method is to refer to the illustrations in the text, which show the evolution from drawings to characters. This will help student with understanding and recognizing the characters and their respective radicals. At this point, emphasize the character's form and don't worry about its pronunciation.

★ When introducing character reading, the appropriate order of practice is to first point to each character as you read along together. Then take turns reading. A call on different students, see who responds the fastest. Make a sentence with the words, say the sentence backwards – either by grouping or from end to beginning. Finally, encourage each child to do a formal and careful reading of the material on their own.

Wrapping Up

See what works best from the following options:

★ Review important points: summarize what was learned in terms of listening, speaking, reading and writing.

★ Explain the homework assignment and follow-up activities. Discuss opportunities and situations during which you might apply what you just learned in class.

★ Preview the material that will be covered in the next class.

★ Wrap-up: have the students use Mandarin to thank the teacher for teaching. Then, either speaking or singing, say goodbye to each other for the day!

Contents

Nasal Finals

an	平安	píng'ān
en	真的	zhēnde
ang	四方	sìfāng
eng	生日	shēngrì
ong	红色	hóngsè

hóngsè
红色

píng'ān
平安

ā · á · ǎ · à · ō · ó · ǒ · ò · ē · é · ě

zhù nǐ píng ān

祝你平安

shēngrì
生日

sìfāng
四方

zhēnde
真的

píng'ān .... peaceful

zhù ———————— to offer good wishes

nǐ ——————— you

peace 安 ān

female 女 nǚ

en　ēn én ěn èn

zhēn de jiǎ de
真的假的

Nà shì zhēn de mā?

Shì zhēn de !

ā　á　ǎ　à　ō　ó　ǒ　ò　ē　é　ě

zhēn ———————— true; real

zhēn de ————— truly; really

jiǎ ———————— fake

jiǎ de ————— not real

mǎ 马 horse

mom 妈 mā

ang āng áng ǎng àng

sì sì fāng fāng
四四方方

Hǎowán bù hǎowán?

Zhēn hǎowán!

ā á ǎ à ō ó ǒ ò ē é ě

sìfāng —————— square; four-sided cubed

hǎowán ———— fun

zhēn ————— quite

four

square

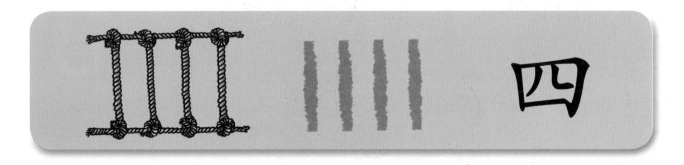

eng ēng éng ěng èng

shēng rì kuài lè

生日快乐

ā · á · ǎ · à · ō · ó · ǒ · ò · ē · é · ě

shēngrì ————— birthday

děng ————— to wait

gěi ————— to give

bú kèqi ————— You're welcome.

ー ア 几 月 日   rì
目   sun;day

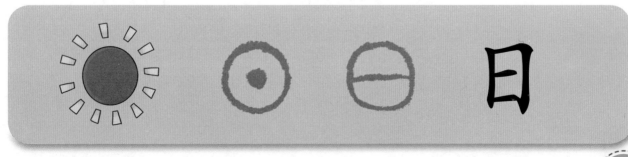

sheng
生
to born   ノ 仁 乍 牛 生

ong　ōng óng ǒng òng

wǒ　ài hóng sè
我爱红色

Wǒ yǒu hóng dēnglong.

Wǒ hěn ài hóng sè.

ā á ǎ à ō ó ǒ ò ē é ě

hóng sè ·········· red color

dēnglong ·········· lantern

hěn ·········· very

red

labor

★ Reading Activities ★

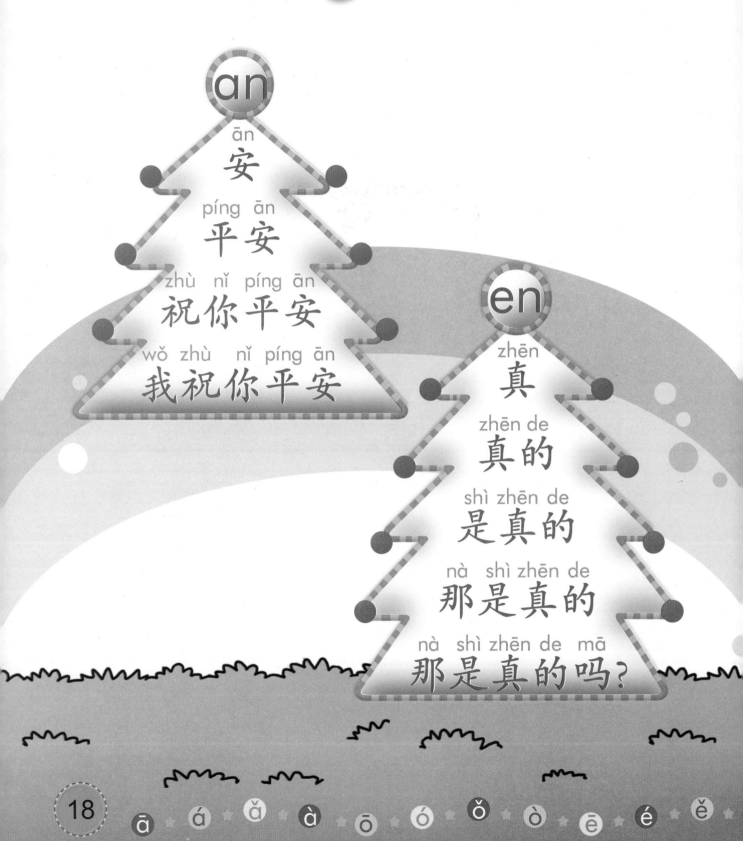

ān
安

píng ān
平安

zhù nǐ píng ān
祝你平安

wǒ zhù nǐ píng ān
我祝你平安

zhēn
真

zhēn de
真的

shì zhēn de
是真的

nà shì zhēn de
那是真的

nà shì zhēn de mā
那是真的吗?

ā á ǎ à ō ó ǒ ò ē é ě

ang

fāng
方

sì fāng
四方

sì sì fāng fāng
四四方方

sì sì fāng fāng zhēn hǎo wán
四四方方真好玩

ong

hóng
红

hóng sè
红色

ài hóng sè
爱红色

wǒ ài hóng sè
我爱红色

wǒ hěn ài hóng sè
我很爱红色

eng

shēng
生

shēng rì
生日

shēng rì kuài lè
生日快乐

zhù nǐ shēng rì kuài lè
祝你生日快乐

三只老鼠

小老鼠，上灯台，
偷油吃，下不来，
Xīlihuālā 哭起来！

二老鼠，上灯台，
偷油吃，下不来，
Xīxisuōsuō 哭起来！

大老鼠，上灯台，
它偷油吃，也下不来，
Jīligūlū 滚下来！

ā · á · ǎ · à · ō · ó · ǒ · ò · ē · é · ě

Sān Zhī Lǎoshǔ

Xiǎo lǎoshǔ, shàng dēngtái,
tōu yóu chī, xià bù lái,
xīlihuālā kū qǐlái!

Èr lǎoshǔ, shàng dēngtái,
tōu yóu chī, xià bù lái,
xīxisuōsuō kū qǐlái!

Dà lǎoshǔ, shàng dēngtái,
tā tōu yóu chī, yě xià bù lái,
jīligūlū gǔn xiàlái!

洗干净

我们是这样洗洗手，
洗洗手，洗洗手。
我们是这样洗洗手，
洗得干干净净。

ā　á　ǎ　à　ō　ó　ǒ　ò　ē　é　ě

Xǐ Gānjìng

Wǒmen shì zhèyàng xǐ xǐ shǒu,
xǐ xǐ shǒu, xǐ xǐ shǒu.
Wǒmén shì zhèyàng xǐ xǐ shǒu,
xǐ de gāngānjìngjìng.

我们是这样洗洗脸，
洗洗脸，洗洗脸。
我们是这样洗洗脸，
洗得干干净净！

Wǒmen shì zhèyàng xǐ xǐ liǎn,
xǐ xǐ liǎn, xǐ xǐ liǎn.
Wǒmen shì zhèyàng xǐ xǐ liǎn,
xǐ de gāngānjìngjìng.

ā á ǎ à ō ó ǒ ò ē é ě

我们是这样洗洗澡，

洗洗澡，洗洗澡。

我们是这样洗洗澡，

洗得干干净净。

Wǒmen shì zhèyàng xǐ xǐ zǎo，

xǐ xǐ zǎo，xǐ xǐ zǎo.

Wǒmen shì zhèyàng xǐ xǐ zǎo，

xǐ de gāngānjìngjìng.

Nasal Finals and Those Combinations with i u ü

in	拼音	pīnyīn
ing	干净	gānjìng
iu	九 jiǔ	六 liù
ui	几岁	jǐ suì
un	好闻	hǎo wén
ün	好运	hǎo yùn

jǐ suì
几岁

gānjìng
干净

ā á ǎ à ō ó ǒ ò ē é ě

zhù nǐ hǎo yùn

祝你好运

liù
六

jiǔ
九

pīnyīn
拼音

hǎoyùn
好运

hǎowén
好闻

in īn ín ǐn ìn

hàn yǔ pīn yīn
汉语拼音

Wǒmen xué pīnyīn.

Yòng pīnyīn shuō chàng.

hànyǔ ———————— Chinese

pīnyīn ———————— phonics

xué ———————— to learn

yòng ———————— to use

shuō chàng ———————— speaking and singing

mén
们 們

suffix used to indicate
a plural form

ing   īng íng Ǐng ìng

gān gān jìng jìng
干 干 净 净

Qǐngwèn zhège gānjìng mā?

Nǐ cāi!

ā á ǎ à ō ó ǒ ò ē é ě

gānjìng ········· clean

qǐngwèn ········· excuse me…

zhège ········· this one

cāi ········· guess

門 mén

门

door

問 wèn

问

to ask

iu iū iú iǔ iù

shì jiǔ hái shi liù
是九还是六

Shì jiǔ háishi liù?

Duìbuqǐ, wǒ bù zhīdào.

ā á ǎ à ō ó ǒ ò ē é ě

iu = i + ou

Words & Phrases

háishi .... or

duìbuqǐ .... sorry

bù .... not

zhīdào .... to know

liù
六
six

jiǔ
九
nine

Hidden Numbers

Can you find 六 and 九 in this picture?

Answer Key

```
                              6=nose
              7=collar      3=ear
              4=hair        1+0=eye
5=mouth and chin            1+9+8=hat
```

uì uī uí uǐ uì

wei

nǐ jīn nián jǐ suì?

你今年几岁?

Tā jiǔ suì? Duì bú duì?

Wǒ wǔ suì.

Bú duì! Liù suì!

Duì le!

ā á ǎ à ō ó ǒ ò ē é ě

ui = u + ei

Words & Phrases

wǔ	five
suì	age in years; ...years old
jǐ suì	how old
duì	right; correct
jīn nián	this year

nǐ

你

you

ūn ún ǔn ùn

hǎo wén bù hǎo wén?

好 闻 不 好 闻？

Hǎowén bù hǎowén?

ā á ǎ à ō ó ǒ ò ē é ě

un = u + en

Words & Phrases

wén ——————— smell

hǎowén ——————— nice to smell

xiāng ——————— fragrant

Hěn hǎowén!

Hěn xiāng!

dòngwù —————— animal

yùndònghuì ——— sports meet

hǎoyùn —————— good luck

★ Reading Activities ★

in

yīn
音

pīn yīn
拼音

xué pīn yīn
学拼音

wǒ xué pīn yīn
我学拼音

wǒ men xué pīn yīn
我们学拼音

ing

jìng
净

gān jìng
干净

hěn gān jìng
很干净

zhēn de hěn gān jìng
真的很干净

iu

liù
六

jiǔ
九

liù hái shi jiǔ
六还是九

shì liù hái shi jiǔ
是六还是九?

ā · á · ǎ · à · ō · ó · ǒ · ò · ē · é · ě

ui

suì
岁

jǐ suì
几岁

jīn nián jǐ suì
今年几岁

nǐ jīn nián jǐ suì
你今年几岁？

ün

yùn
运

hǎo yùn
好运

zhù nǐ hǎo yùn
祝你好运

wǒ zhù nǐ hǎo yùn
我祝你好运

en

wén
闻

hǎo wén
好闻

bù hǎo wén
不好闻

hǎo wén bù hǎo wén
好闻不好闻？

ī í ǐ ì ū ú ǔ ù ǖ ǘ ǚ ǜ

Let's Sing and Chant Focusing on the [i], [u] or [ü] at the Beginning.

开学了

开学了，上学校！
快快坐好，
老师发下新课本哪！
打开新书有字有画，
开开心心上课吧！

开学了，上学校！
快快坐好，
老师发下练习本哪！
写写画画有说有笑，
高高兴兴下课啦！

ā á ǎ à ō ó ǒ ò ē é ě

Kāixué Le

Kāixué le, shàng xuéxiào!

Kuài kuài zuò hǎo,

lǎoshī fā xià xīn kèběn na!

Dǎkāi xīn shū yǒu zì yǒu huà,

kāikāixīnxīn shàng kè ba!

Kāixué le, shàng xuéxiào!

Kuài kuài zuò hǎo,

lǎoshī fā xià liànxíběn na!

Xiě xiě huà huà yǒu shuō yǒu xiào,

gāogāoxìngxìng xià kè la!

☆ English Lyrics ☆

 三只老鼠

Three Mice

Baby mouse climbs up the oil lamp and furtively
 eats some of the oil.

He can't get down!

 "Oh no!" he says. "Woe is me!"

Middle brother mouse climbs up the oil lamp and
 steals a taste of oil.

He also can't get down!

"Oh no!" he says. "Woe is me!"

The big rat climbs up the oil lamp, he also steals a
 taste of oil, and can't get down!

"Oh no!" he says.

Then down he falls, "clunk, clunk, clunk!"

② 洗干净

Wash and Clean

This is the way we wash our hands,

wash our hands, wash our hands.

This is the way we wash our hands.

Wash them oh so clean!

This is the way we wash our face,

wash our face, wash our face.

This is the way we wash our face.

Wash it oh so clean!

This is the way we take a bath,

take a bath, take a bath.

This is the way we take a bath.

Wash up oh so clean!

School Is Starting

The school year has begun!

We go to school. Quickly find your seats.

The teacher distributes new textbooks.

Open the new books and discover words and
    pictures.

Let's have fun in class!

The school year has begun!

We go to school. Quickly find your seats.

The teacher distributes workbooks.

Write and draw, chat and laugh.

Let's have fun when school gets out.

★ Word Index ★

gěi	给	給	to give	15
gōng	工		labor	17
*gǔn	滚	滾	to roll; to trundle	20

H

hànyǔ	汉语	漢語	Chinese	29
hǎowán	好玩		to be fun or enjoyable	13
*hǎowén	好闻	好聞	nice to smell	37
*hǎoyùn	好运	好運	good luck	39
hěn	很		very	17
hóng	红	紅	red colour	17
hóngsè	红色	紅色	red	17
huà	画	畫	to draw; a drawing	42
háishì	还是	還是	or	33

J

jǐ suì	几岁	几歲	how old	35
*jiāyóu	加油		Go! Go!	39
*jiǎ	假		fake	11
*jiǎde	假的		not real	11
*jīnnián	今年		this year	35
jiǔ	九		nine	33

K

*kāixué	开学	開學	to start school; the start of school	42
*kèběn	课本	課本	textbook	42
kū	哭		to cry	48
kuài	快		quickly; to hurry up	42
kuàilè	快乐	快樂	happy; joyful; glad	14

L

lǎoshī	老师	老師	teacher	42
*lǎoshǔ	老鼠		mouse; rat	20
liǎn	脸	臉	face	24
liànxíběn	练习本	練習本	workbook	42
liù	六		six	33

M

mā	妈	媽	mom	11
mǎ	马	馬	horse	11
ma	吗	嗎	a phrase-final particle used in questions	10
mén	门	門	door	31
men	们	們	suffix used after a personal pronoun or a noun to show plural number	29

N

nǐ	你		you	9
nǚ	女		female	9

P

*pīnyīn	拼音		phonics	29
píng'ān	平安		peace; peaceful	9

Q

qǐlái	起来		used after verbs or adjectives to indicate the completion of an action estimate or idea	20
qǐngwèn	请问	請問	excuse me...	31

R

rì	日		sun; day	15

S

shēng	生		life; be born; lively	15
shēngrì	生日		birthday	15
shuō chàng	说唱	說唱	speaking and singing	29
sì	四		four	13
*sìfāng	四方		square; four-sided cubed	13
suì	岁	歲	age in years; …years old	35

T

tā	它		it	20
*tōu	偷		to steal	20

W

*wén	闻	聞	to smell	37
wèn	问	問	to ask	31
wǔ	五		five	35

X

xǐ	洗		to wash	22
xǐzǎo	洗澡		to have a bath	25
xiàkè	下课	下課	to be dismissed from class	42
xiàlái	下来		to come down	20
xiāng	香		fragrant	37
xiào	笑		to laugh; to smile	42
xiě	写	寫	to write	42
xièxie	谢谢	謝謝	thank you	8
xīn	新		new	42
xué	学	學	to learn	29
xuéxiào	学校	學校	school	42

Y

yòng	用		to use	29
*yóu	油		oil; fat	20
yǒushuōyǒuxiào	有说有笑	有說有笑	talk and laugh	42
yùndònghuì	运动会	運動會	sports meet	39

Z

zhège	这个	這個	this one	31
zhèyàng	这样	這樣	thus; like this	22
zhēn	真	眞	true;real	11
zhēn	真	眞	quite	13
zhēnde	真的	眞的	truly; really	11
zhīdào	知道		to know	33
zhù	祝		to offer good wishes	9
zuò	坐		to sit	42

Except those marked with an asterisk, all words contained in this glossary are YCT relevant.
除标注*的词以外，以上所有都是YCT（新中小学生汉语考试）词汇。

★ Syllabus ★

	Unit 1	Unit 2
单元 **Unit**	祝你平安 鼻韵母 an en ang eng ong	祝你好运 结合韵母 in ing iu ui un ün
拼音认读 **Pinyin Recognition**	an en ang eng ong	结合韵母 i u ü yin/in ying/ing you/iu wei/ui wen/un yun/ün
儿歌说唱 **Rhymes and Chants**	1. 洗干净 　an en ang ing 2. 三只老鼠 　ang eng un	3. 开学了 　i u ü
对话 **Dialogue**	我祝你平安，谢谢。 那是真的吗？是真的。 好玩不好玩？真好玩。 A: 祝你生日快乐！ B: 给。 A: 谢谢。 B: 不客气。 我很爱红色。我有红灯笼。	我们学拼音。用拼音说唱。 请问这个干净吗？你猜！ 是九还是六？对不起，我不知道。 A: 我五岁。 B: 她九岁，对不对？ A: 不对！六岁！ A: 对了！ 好闻不好闻？很好闻！很香！ 祝你好运！加油！谢谢！
语法重点 **Grammar Keypoints**	Good wishes Saying thanks & responding Respond to praise Birthday wishes Ask others to wait Homonyms 马吗妈、花画 Q & A —final particle 吗	Saying "excuse me" Apologizing Ask others to guess Wishing others well Adv.很、真、好 Antonyms问闻、门们 Q & A —about age 几岁 Or 还是

ā ★ á ★ ǎ ★ à ★ ō ★ ó ★ ǒ ★ ò ★ ē ★ é ★ ě